W9-AVC-797
¡UN LIBRO!

Para Ivy. L.G.

*Quisiera dedicar este libro
a mis cómplices inspiradores:
Libby, Margrete, Vida
y Katie.* F.B.

ALFAGUARA MR
INFANTIL

¡UN LIBRO!
Título original: *Look, a Book!*

D.R. © del texto: Libby Gleeson, 2011
D.R. © de las ilustraciones:
Freya Blackwood, 2011
D.R. © de la traducción:
Pilar Armida, 2014
Publicado por primera vez por
Little Hare Books, un sello de Hardie Grant
Egmont, Australia, 2011.

D.R. © de esta edición:
Editorial Santillana, S.A. de C.V., 2014
Av. Río Mixcoac 274, Col. Acacias,
03240, México, D.F.

Alfaguara Infantil es un sello editorial de Prisa Ediciones,
licenciado a favor de Editorial Santillana, S.A. de C.V.
Éstas son sus sedes:
Argentina, Bolivia, Chile, Colombia, Costa Rica, Ecuador, El Salvador,
España, Estados Unidos, Guatemala, México, Panamá, Paraguay, Perú,
Puerto Rico, República Dominicana, Uruguay y Venezuela.

Primera edición: octubre de 2014

ISBN: 978-607-01-2407-5

Impreso en México

Esta obra se terminó de imprimir en octubre de 2014 en los talleres de Impresora Tauro S.A. de C.
Plutarco Elías Calles No. 396 Col. Los Reyes. Delg. Iztacalco C.P. 08620. Tel: 55 90 02 55

¡UN LIBRO!

LIBBY GLEESON Y FREYA BLACKWOOD

¡Mira!
¡Un libro!

Ten mucho cuidado.

No lo dejes

donde el viento lo empolve,

donde el perro lo muerda

o la lluvia lo moje.

Hay que protegerlo

del polvo, del perro y de la lluvia

para leerlo

una

y otra

y otra vez.